# DISCOVRS

## QVI A REMPORTE'
## LE PRIX D'ELOQVENCE
### PAR LE IVGEMENT
## DE L'ACADEMIE FRANÇOISE,
en l'année M. DC. LXXIII.

SVR LE SVJET DONNE' PAR FEV MONSIEVR DE BALZAC.

*De la science du salut, opposée aux vaines & mauvaises connoissances, & aux curiositez blasmables & défenduës.*

ABSCONDISTI HÆC A SAPIENTIBVS,
ET REVELASTI EA PARVVLIS.

### A PARIS,
Chez PIERRE LE PETIT, Imprimeur & Libraire ord. du Roy,
& de l'Academie Françoise, ruë S. Iacques à la Croix d'Or.

———————

M. DC. LXXIII.
*AVEC PRIVILEGE DE SA MAIESTE'.*

# DISCOVRS

## QVI A REMPORTE´

### LE

## PRIX D'ELOQVENCE

### PAR LE IVGEMENT

### DE

## L'ACADEMIE FRANÇOISE,

en l'année M. DC. LXXIII.

E defir de fçavoir nous eſt naturel, &
quoy que nous ne puiſſions pas dire
abſolument qu'il parte d'vn mauvais
principe, & de la corruption de noſtre
nature, on voit neanmoins qu'il eſt
ſuſceptible de tant de déreglemens, que ceux qui
ont fait les plus ſolides reflections ſur la Morale
chreſtienne, ont jugé qu'il y a vne vertu parti-
culiere qui ſert à moderer cette inclination, que

A iij

noſtre naiſſance nous inſpire, & où il eſt dangereux de nous abandonner. Noſtre langue n'a pas encore Studioſité. naturaliſé le nom que ſaint Auguſtin & ſaint Tho-mas donnent à cette vertu, mais le nom du vice qui la combat du coſté de l'excés, & qu'ils appel-lent Cvriosite', eſt extrémement familier par-my nous, & ſi nous ne le prenons pas en mauvaiſe part dans noſtre vſage le plus ordinaire, on ne ſçau-roit traiter les choſes avec methode à moins qu'on ne ſe défaſſe pour quelque temps de cette idée com-mune, & que durant ce diſcours on ne regarde la Curioſité, comme vn deſir de ſçavoir, qui eſt toû-jours déreglé, ſoit en ſon objet, ou en ſes moyens, ou en ſa fin. Le choix que Monſieur de Balzac a fait de ces paroles de l'Ecriture, *Abſcondiſti hæc à ſa-pientibus & prudentibus, & revelaſti ea parvulis*, & l'op-poſition qu'il a miſe entre la ſcience du ſalut, & les vaines, ou les mauvaiſes connoiſſances, montrent évidemment que ſon deſſein eſt de nous engager à rechercher les cauſes & les effets de cette paſſion, à l'obſerver de toutes parts pour la mieux recon-noiſtre, & à découvrir les pieges & les embuſches qu'elle dreſſe aux hommes, & particulierement aux perſonnes de lettres, pour les empeſcher d'arriver à vne pieté veritable, & à vn bonheur eternel. Ainſi pour bien ſuivre la penſée de ce grand hom-me, j'ay crû que je devois icy m'attacher vnique-ment à conſiderer la Curioſité, de ſorte que je me propoſe de faire voir qu'elle eſt contraire à noſtre ſalut, & qu'elle s'y oppoſe principalement par trois

obftacles: par le temps qu'elle fait perdre, par les
erreurs où elle conduit, & par l'orgueil qu'elle in-
fpire.

IL y a deux fortes de Temps, l'vn qui eft renfer- I. Partie.
mé dans le moment, ou l'heure la plus propre
pour faire réüffir les chofes, & qu'on appelle autrement occafion; L'autre qui fans marquer cette dif-
ference, joint enfemble tout le cours de noftre vie,
& comprend toute la fuite de nos jours & de nos
années. La Curiofité prophane confume le temps
confideré en ces deux manieres. Premierement
elle fait perdre les occafions les plus importantes
du falut, & empefche ceux qui en font poffedez,
d'écouter ou de fuivre l'efprit de Dieu, lors qu'il
prend foin de parler à leur cœur, dans les momens
les plus propres pour les convertir, & les plus neceffaires pour les fauver. En effet il ne faut pas s'i-
maginer que ces graces particulieres foient mifes à
noftre choix, & nous foient offertes à toute heure.
Il arrive fouvent que la perte en eft irreparable, de
forte que pour ne pas tomber dans vn tel malheur,
il vaut mieux manquer à toutes les autres chofes,
que de ne point profiter de ces faveurs du ciel.
Iesvs-Christ nous enfeigne cette verité en
plufieurs endroits de fon Evangile, & particulierement par l'exemple de ce jeune homme à qui il
commanda de le fuivre; Permettez-moy, luy dit-il,
de rendre les derniers devoirs à mon pere qui vient
de mourir, fur quoy Iesvs-Christ luy repli-

que, Laiſſez-les morts enſevelir les morts. Cela nous
montre que rien ne nous diſpenſe de ſuivre la voix
de Dieu quand il nous appelle. Cependant la Curioſité prophane ne s'en diſpenſe que trop, & ſur
des excuſes beaucoup moins plauſibles que celles
dont nous venons de parler. Elle perd quelquefois
le moment déciſif de l'éternité, pour ne pas renoncer à vne lecture ou inutile, ou criminelle ; & plûtoſt que de vaquer à l'ouvrage du ſalut , elle aime
mieux enſevelir les morts, ou pour mieux dire s'enſevelir avec eux. Si vn Ambaſſadeur manquoit de
réüſſir aux negociations qui luy ſont commiſes, &
qu'il s'attiraſt ce mauvais ſuccés pour avoir voulu
ſatisfaire vne vaine Curioſité ; ſi quand il doit avoir
audiance il ſe tenoit renfermé dans ſon cabinet ; ſi
quand il faut donner les avis importans, il paſſoit
les nuits & les jours ſur les ouvrages d'vn hiſtorien,
ou d'vn Philoſophe, ſa conduite paſſeroit pour ri-
dicule par toute la terre, & l'on ne ſe contenteroit
pas de la mépriſer & de la blaſmer : mais dés qu'elle ſeroit connuë du Prince, qui l'auroit honoré de
cet employ , il ne manqueroit pas de l'en pri-
ver ſur l'heure meſme & de l'exclure à jamais de
ces myſteres d'Eſtat, dont il faut neceſſairement
que les Ambaſſadeurs ayent participation. Nous
pouvons juger delà quel ſentiment il faut avoir
de ceux qui tiennent vne pareille conduite dans
les choſes de Dieu, & quel châtiment ils doivent attendre du Roy des Rois, dont ils negligent les ordres & les myſteres. Ils perdront les lumieres qui
faiſoient

faifoient connoiftre ces ordres facrez & ces myfte-
res adorables, & ils feront mis au nombre de ces
prudens & de ces fages, à qui la fcience du falut eft
cachée. *Abfcondifti hæc à fapientibus & prudentibus, &*
*revelafti ea parvulis.* Quand on a obfervé avec atten-
tion l'hiftoire Evangelique, on demeure d'accord
que ces paroles qui fe trouvent dans le dixiéme cha-
pitre de S. Matthieu, & dans le onziéme de S. Luc,
fe doivent entendre litteralement des Scribes & des
Pharifiens, qui font appellez en cet endroit les Sages & les Prudens, & des Difciples de I E S V S-
C H R I S T à qui le nom de petits eft donné. Or les
Scribes & les Pharifiens refifterent opiniâtrement
à toutes les exhortations du Sauveur du monde, au
lieu que les Apoftres le fuivirent du moment qu'il
les appella; fi bien que difant à fon Pere celefte:
*Confiteor tibi Domine cœli & terræ, quia abfcondifti hæc*
*à fapientibus & prudentibus, & revelafti ea parvulis.* Ie
vous loüe & je vous benis, ô Seigneur du ciel & de
la terre, de ce que vous avez caché ces chofes aux
prudens & aux fages, & que vous les avez revelées
aux petits: C'eft autant que s'il euft dit, Ie vous
loüe de ce que vous avez caché ces chofes à ceux
qui ont méprifé l'occafion de les apprendre, & que
vous les avez revelées à ceux qui fe font d'abord mis
en eftat de les embraffer. On peut donner à ce paf-
fage vn autre fens, qui fert encore à condamner la
paffion criminelle, dont nous parlons en ce Difcours; Et pour bien entendre cette explication, il
faut confiderer que noftre Seigneur avoit envoyé

B

ſes Diſciples dans les divers lieux de la Iudée, &
qu'aprés qu'ils furent de retour auprés de luy, éton-
nez eux-meſmes des miracles qu'ils venoient de faire ; le Sauveur leur dit premierement, pour leur in-
ſtruction, Ne vous réjoüiſſez pas de ce que vous
faites des miracles, mais réjoüiſſez-vous de ce que
vos noms ſont écrits dans les Cieux ; & enſuite s'a-
dreſſant au Pere eternel, il prononça ces paroles
ſacrées, *Confiteor*, &c. Ie vous rends graces de ce
que vous avez caché ces choſes aux prudens & aux
ſages, & que vous les avez revelées aux petits ; c'eſt
à dire, je vous rends graces de ce que vous n'avez
pas voulu que les Docteurs de la loy fuſſent Apô-
tres, mais que vous avez choiſi pour ce miniſtere
les plus ignorans des hommes, afin que dans toute
la ſuite des temps on puiſſe reconnoiſtre manife-
ſtement, qu'vne religion qui n'a pas eſté eſtablie
par des moyens humains, doit eſtre vne choſe divine. La Curioſité prophane ne fait pas ſeulement perdre ces précieux momens, qui ſont des occaſions de
ſalut, mais elle cauſe encore la perte du temps, à le
conſiderer en general ; & quand nous ſuivons l'excés de ſes deſirs, elle conſume toute noſtre vie en
des recherches vaines & des occupations auſſi cri-
minelles que l'oiſiveté. C'eſt vne expreſſion bien
remarquable, que celle dont ſe ſervent pluſieurs
écrivains Eccleſiaſtiques, aprés S. Paul, lors qu'ils
diſent à ſon exemple, racheter le temps. L'Apoſtre
a parlé de la ſorte dans ſon Epiſtre aux Epheſiens,
& dans celle aux Coloſſiens, & nous penetrerons

la force de ce mot, fi nous nous reprefentons que les anciens fidelles eftoient continuellement tourmentez par les Iuifs & par les Payens, qui fans parler de l'accufation capitale qu'ils intentoient fouvent contre eux, leur faifoient d'ailleurs mille fortes d'injuftices, pour les dépoüiller de leurs biens, de forte que c'eftoit à leur égard comme vn temps de guerre. Or dans vn temps de guerre ceux qui tombent entre les mains des ennemis payent rançon pour recouvrer leur liberté ; & ceux mefmes qui fe trouvent fur la frontiere expofez à leurs infultes payent des contributions pour fe mettre à couvert de leurs violences ; & l'on dit des vns & des autres qu'ils fe rachetent. Ainfi pour éclaircir la penfée de l'Apoftre, c'eft comme s'il euft parlé de cette maniere aux premiers Chreftiens : Vous voyez l'eftat où vous eftes, vous voyez que vos ennemis ne ceffent de vous fufciter des affaires, pour avoir les biens qui vous appartiennent ; fi vous voulez vous défendre par les voyes du Tribunal feculier, il faudra ne faire autre chofe, & vous ferez contraints d'y paffer le refte de vos jours. Vous voyez donc que tout voftre temps eft expofé à leur perfecution, & qu'il eft comme le captif de leur tyrannie. Le confeil que je vous donne, quand ils vous mettront dans ces épreuves, c'eft que vous leur abandonniez ces biens temporels, qui font les objets de leur envie & de leur avarice ; & que par ce moyen vous leur payïez comme des rançons pour racheter voftre temps, pour vous

rendre maiftres de tout voftre loifir, & pour le con-
facrer vniquement à l'ouvrage de voftre falut. La
Curiofité prophane eft bien éloignée de fuivre ce
confeil Apoftolique, puis que bien loin de quitter
les chofes neceffaires pour racheter le temps, elle
ne veut pas mefme renoncer à la vanité de fes defirs. Quand je parle de la forte, je ne prétens pas
dire que les fciences humaines renferment en elles-
mefmes l'exclufion de la foy, & qu'elles foient in-
compatibles avec la fcience du falut. La grace Evangelique eft deftinée à fanctifier toutes fortes de con-
ditions, & celle des gens de lettres y peut trouver
comme les autres la fin & l'efprit qui la fanctifie.
Auffi quoy que IESVS-CHRIST, comme nous
avons remarqué, & pour la raifon que nous avons
touchée, n'euft admis dans le College Apoftolique
que des hommes qui avoient efté nourris dans l'i-
gnorance, neanmoins il en avoit converti quelques
autres qui avoient receu vne autre forte d'éduca-
tion, comme Nicodême, & Iofeph d'Arimatie. Les
Apoftres parmy leurs conqueftes glorieufes pou-
voient compter des hommes d'érudition, comme
Apollo & l'Areopagite; d'où vient que S. Paul écri-
vant à ceux de Corinthe, qu'il vouloit détourner de
l'orgueilleufe fageffe des Grecs qui dominoit dans
leur patrie, leur dit à la verité qu'il n'y avoit pas
beaucoup de Philofophes parmi eux, mais il ne leur
dit pourtant pas qu'il n'y en euft point du tout,
*Non multi fapientes fecundum carnem.* Et enfuite dans
les fiecles inferieurs aux temps Apoftoliques nous

trouvons les Peres de l'Eglife, dont plufieurs doivent
eftre mis fans contredit au nombre des plus grands
Genies, & des plus fçavans hommes de la terre. Si
nous faifons reflection fur cette conduite de la Providence, nous trouverons qu'elle fert à la confirma-
tion de noftre foy, & nous ferons vn raifonnement
femblable à celuy qu'ont fait faint Chryfoftome &
faint Auguftin, fur le bonheur temporel, lors qu'ils
ont dit que Dieu n'a pas voulu que tous les gens de
bien fuffent malheureux en cette vie, & qu'il n'a
pas voulu non plus qu'ils y fuffent tous heureux,
parce que fi tous les gens de bien eftoient malheureux, on prendroit de là fujet de douter qu'il y euft
vne Providence ; & fi d'autre cofté ils y eftoient tous
heureux, on s'imagineroit qu'il n'y auroit rien à
efperer aprés cette vie. Ainfi Dieu n'a pas voulu que
tous les Chreftiens fuffent fçavans, pour empefcher
de croire que la religion ne fuft qu'vne philofophie;
& d'autre cofté il a voulu qu'il fe trouvaft des fçavans parmi eux, afin qu'on n'euft pas lieu de pen-
fer que la foy ne fuft qu'vne credulité populaire. En
effet quand nous voyons que des hommes fans lettres ont la foy, c'eft vne marque que ce n'eft pas
le fçavoir qui la donne ; & quand nous voyons que
des fçavans l'ont auffi, c'eft vne marque que l'ignorance n'en eft pas la caufe : de forte que fi la raifon
humaine veut fuivre cette lumiere, comme elle ne
trouvera point de principe naturel de la creance
chreftienne, elle fera obligée de reconnoiftre que
c'eft vn effet d'vne divine revelation. Selon ce rai-

fonnement on peut dire qu'vn homme de lettres qui a de la pieté eft d'vne merveilleufe édification dans l'Eglife, & que fa vertu fert à y maintenir beaucoup d'ames foibles, qui fans fon exemple pourroient chanceler dans la foy. Il faut avoüer que ce motif eft bien digne d'vn Philofophe chreftien. Quand on l'a bien avant imprimé dans le cœur, on n'a garde de fe livrer à cette paffion malheureufe dont nous reprefentons icy les effets. On cherche avant toutes chofes le royaume de Dieu, on fait fon capital de la fcience du falut, on employe vtilement le temps que la Curiofité prophane fait perdre, & l'on évite auffi les erreurs où elle fait tomber.

II. PARTIE. COMME Dieu exauce les defirs de la vertu, il permet auffi que les pecheurs foient ordinairement punis par la privation des chofes qu'ils defirent, & par la rencontre de celles qu'ils craignent. On pourroit juftifier cette maxime en faifant reflection fur tous les vices : mais pour ne parler icy que de celuy qui eft le fujet de ce Difcours, la Curiofité cherche la fcience, cependant elle eft punie par l'erreur & le menfonge, car les opinions les plus dangereufes, & les erreurs les plus impies font tombées dans l'efprit de ceux, qui n'ont pas reglé en leur ame le defir de fçavoir, & qui ont voulu porter leur connoiffance au delà des bornes où Dieu a foûmis la raifon humaine. Les Philofophes payens font vne preuve terrible de cette verité. Dieu leur avoit donné pour le

connoiſtre deux moyens naturels, le monde, & la
conſcience, dont l'vn rend témoignage à ſon Auteur par des ouvrages exterieurs, & l'autre par des
penſées interieures. En effet lors que l'on voit l'ad-
mirable œconomie de l'Vnivers, il n'eſt pas beſoin
d'vn long raiſonnement pour aller à Dieu ; & comme en voyant vn magnifique palais, on en conçoit
de l'eſtime pour l'architecte, comme en voyant
vn excellent tableau, on juge delà qu'il faut qu'vn
peintre habile y ait mis la main ; il n'y a qu'à tirer
icy vne pareille conſequence, & qu'à ſe porter par
la veuë du ciel & de la terre à la connoiſſance & à
l'adoration de celuy qui les a faits. Toutefois pluſieurs Philoſophes n'ont pas tenu cette voye qui eſt
ſi courte & ſi aiſée, mais ils ont ſuivi les détours de
la Curioſité ; ils ont voulu demander raiſon à l'ou-
vrier de ſon ouvrage ; ils ſe ſont rendus les cenſeurs
de l'vn & de l'autre ; ils ont regardé les parties du
monde dont ils ne comprenoient pas l'vſage comme des imperfections, & par ces defauts prétendus
ils ont crû pouvoir conclure que ce n'eſtoit pas l'effet d'vne cauſe intelligente, mais d'vn aveugle ha-
zard. Ainſi pluſieurs d'entre eux n'ont pas regardé
Dieu comme auteur de l'vnivers ; & ceux mêmes
qui reconnoiſſoient qu'il l'avoit produit, ne luy dé-
feroient pourtant pas la gloire de la creation, ils
étendoient juſques à luy cet axiome commun à
toutes les ſectes :

*Ex nihilo nihilum, in nihilum nil poſſe reverti.*

Ils croyoient qu'il n'avoit pas tiré les choſes du

neant ; ils s'imaginoient vne matiere qui luy eſtoit coëternelle ; & meſurant ſa force ſur l'induſtrie des artiſans mortels , ils ſe le repreſentoient comme vn ſculpteur qui fait vne ſtatuë , ſans faire le marbre dont elle eſt formée. Des injures de la puiſſance de Dieu, ils ont paſſé aux injures de ſa Providence. Les vns l'ont tout-à-fait niée , comme Epicure ; les autres l'ont bornée aux choſes celeſtes, comme Ariſtote ; & ceux qui ſemblent l'avoir le plus loüée dans leurs écrits , comme Zenon & ſes diſciples, la font dépendre de la connexion invariable des cauſes & des effets , & la rendent plûtoſt eſclave que maiſtreſſe de la deſtinée. Leur morale n'eſt pas moins fauſſe que leur dogme. Ils la diviſent en deux parties, la premiere qu'ils appellent *De finibus bonorum & malorum* ; la ſeconde qu'ils appellent *De officiis* : dans l'vne ils recherchent le ſouverain bien , dans l'autre ils recherchent les moyens d'y arriver , en examinant quels ſont les devoirs de la vie. Mais n'eſt-ce pas vne choſe déplorable qu'entre tant d'opinions differentes qu'ils ont euës ſur le Souverain bien, il n'y en ait pas vne qui ait rencontré la verité , & qui ait fait conſiſter le bonheur de l'homme en la connoiſſance & en l'amour de Dieu. De ſorte que ſi la felicité qu'ils ſe propoſoient eſt fauſſe , il n'importe guere que les moyens qu'ils avoient trouvez pour y parvenir fuſſent capables de les y conduire. Quand on s'égare dans les choſes morales à l'égard de la fin , c'eſt comme quand on ſe trompe dans les ſciences à l'égard des principes ; cette erreur en entraîne

traîne vne infinité d'autres, & ne produit enfuite
que des méprifes & de faux raifonnemens. Ainfi
à tout prendre, la morale des Payens eft pernicieu-
fe, & l'on ne doit rien attendre de bon des horribles maximes qu'ils y ont avancées. Les vns comme Arcefilas avec la nouvelle Academie ont enfei-
gné que tout eftoit indifferent de foy, & qu'il n'y
avoit ny vice ny vertu que par l'inftitution des hommes. Les autres comme Antifthene, & toute la
troupe des Cyniques ont dit, que malgré cette inftitution humaine, il ne faloit pas s'abftenir des
chofes les plus fcandaleufes, quand on y eftoit porté par la nature. Les autres comme les Cyrenai-
ques pofoient pour fondement que toutes les pen-
fées de l'ame ne devoient fe rapporter qu'au plai-
fir du corps. Les autres comme les Epicuriens faifoient tout aboutir à ce principe, qu'il faloit que
chacun fe renfermaft dans fon amour propre, &
qu'il ne comptaft pour rien tout le refte de l'vnivers, qu'autant qu'il pouvoit fervir à cet intereft particulier. Des maximes fi étranges nous font juger
que les Philofophes avec toute leur doctrine, s'e-
ftoient mis au deffous du vulgaire, qui n'avoit pas
corrompu comme eux la raifon naturelle jufqu'à ne
point mettre de bornes entre les bonnes & les mau-
vaifes actions, & nous pouvons mefme inferer delà, que comme le remarque l'Apoftre dans fon
Epiftre aux Romains, ils s'eftoient ravalez aux deffous des animaux, en fe portant à des horreurs contre

la nature. Ainfi non feulement ils ne s'eftoient pas
fervis du monde pour aller à la veritable connoiffance du Createur, mais ils avoient encore abufé
de leur confcience, où ils trouvoient vn autre moyen
qui les y pouvoit conduire. En effet l'ame de l'homme luy dit qu'il y a vn Dieu, & luy dit encore que
tel eft ce Dieu dont elle luy parle, que le vice luy
déplaift, & que la vertu luy eft agreable. C'eft là
le fondement de la loy naturelle. Le Decalogue y
eft tout à fait conforme. Cependant il fe trouve
que la Curiofité prophane avoit porté les Pharifiens
à faire les mefmes alterations dans la Loy de Moyfe,
que les Philofophes avoient faites dans la Loy de
nature. IESVS-CHRIST prenoit de là le fujet ordinaire de fes prédications, & il travailloit fans ceffe
à détruire les traditions abominables qu'ils avoient
établies dans la Iudée. Ils avoient fur tout aneanti
le precepte qui dit, *Non concupifces*, & qui eft l'ame
de tous les autres: ils avoient pofé pour maxime,
que les mauvais defirs n'eftoient pas criminels de-
vant Dieu ; & l'hiftorien Iofeph qui eftoit de la
fecte des Pharifiens, nous fait en cela juger de leur
creance par la fienne, lors que parlant de la mort
d'Antiochus qui eftoit imputée à la deftruction de
je ne fçay quel temple, il dit qu'il n'y avoit nulle
apparence que c'en fuft la caufe, parce qu'à la verité Antiochus avoit voulu détruire ce temple, mais
qu'il n'avoit pas executé fon deffein. Que fi la Curiofité prophane à fait errer les Philofophes dans la loy
naturelle, & les Pharifiens dans la loy écrite, elle

a fait perdre aux heretiques la veritable connoiffance de la loy de grace, & de la difpenfation de l'E-
vangile. Ie n'en allegue point d'exemple, l'hiftoire Ecclefiaftique en eft remplie, & l'on y voit la
cheute d'vne infinité d'efprits, qui pour avoir voulu fonder trop curieufement le myftere de noftre
redemption, font tombez en mille erreurs fatales,
& fe font obftinez dans vne criminelle oppofition à
ce fcandale de la croix dont parle fi fouvent l'A-
poftre. Ceux qui craignent tant cet heureux fcandale, & cette confufion falutaire, tombent dans
vn autre fcandale, & dans vne autre confufion,
qui eft veritablement pleine d'opprobre; car rien
n'eft plus ordinaire à l'efprit humain lors qu'il s'a-
bandonne tout-à-fait à la Curiofité prophane, que
d'eftre en mefme temps opiniaftre contre la veritable creance, & legerement fufceptible des plus
ridicules opinions ; & il luy arrive alors à peu prés
ce qu'on a autrefois remarqué dans Democrite.
Entre les Philofophes, il n'y en a point qui dût
eftre plus éloigné de la magie que Democrite à
caufe de fes principes, qu'Epicure a empruntez de
luy, & qu'il avoit luy-mefme empruntez de Leu-
cippe. Cependant Democrite a efté celuy de tous
les Philofophes qui eftoit le plus adonné à la magie,
& qui en avoit le plus écrit. Plufieurs à fon exemple joignent enfemble dans leur efprit les deux ex-
trémitez oppofées, l'impieté & la fuperftition. L'vn
ajoûte foy aux vanitez de l'Aftrologie judiciaire ;
l'autre ne fe contente pas de ce que la chymie peut

avoir de raifonnable, mais il en fuit toutes les folles
prétentions. L'autre fe jette dans les plus execrables
de tous les Arts, & fe porte jufqu'à l'invocation des
démons. D'où viennent tous ces malheurs ? de la
Curiofité. On s'égare bien-toft quand on a vn mé-
chant guide. *Cito malis ducibus erratur*, dit S. Am-
broife., & il n'y a point de guide plus infidelle que
la Curiofité prophane, qui ne veut pas eftre guidée
elle-mefme par l'efprit de Dieu. Elle ne veut point
croire cet avis du Sage, *Altiora te ne quæfieris*, c'eft
à dire, negligez de fçavoir les chofes qui font au
deffus de vous, lors qu'elles ne peuvent de rien fervir à vous rendre heureux; & pour ce qui eft de celles qui font neceffaires à voftre falut, ne les exa-
minez pas avec des raifonnemens humains, mais
recevez les avec vne foy foûmife. En effet, quoy
que Dieu ait voulu, comme nous avons déja remarqué, que dans toute la fucceffion Ecclefiaftique
il fe trouvaft des fçavans parmy fes Difciples, ce
n'eft pourtant pas à titre de fçavans que la foy leur
a efté donnée: mais il a falu que pour joüir de ce
bonheur, ils foient entrez dans cette enfance fpi-
rituelle, que IESVS-CHRIST & fes Apoftres nous
recommandent; Il a falu, dis-je, qu'ils foient paffez
au rang de ces petits, dont noftre Evangile nous
parle, afin qu'il foit eternellement vray de dire:
*Abfcondifti hæc à fapientibus*, *&c.* Si nous voulons def-
cendre encore plus au détail, & chercher la raifon
pourquoy la Curiofité mene à l'erreur, & s'oppofe à
la fcience du falut; nous trouverons que ce malheur

vient principalement de ce qu'elle fait perdre aux hommes le gouft de l'oraifon, & qu'elle les détache infenfiblement de cette pieufe pratique, qui eft la vie de la foy, comme la foy eft la vie du jufte. Or la fcience du falut eft vn effet de la grace, & la grace s'obtient par la priere : de forte qu'il ne faut pas s'étonner, que ceux qui rompent tout commerce avec le ciel, n'en reçoivent pas les influences, & que Dieu quitte ceux qui s'éloignent de luy. Quand vn efprit ne prend pas foin de bonneheure de regler cette paffion, il en devient fi poffedé, qu'elle eft enfin l'vnique objet de fes defirs; il ne fonge nuit & jour qu'à la fatisfaire; il fe couche dans cette penfée; il fe réveille dans cette penfée encore; il retourne à fes livres avec vn empreffement qu'on peut appeller charnel & brutal; & aprés n'avoir eu dans la priere qu'vne froide negligence, il conferve dans la lecture vne longue & ardente application. Les Saints qui ont fait du progrés en la fcience du ciel, ne s'y font pas avancez de cette maniere. A la verité ils ne negligeoient point l'étude, lors que leur vocation les y appelloit : mais ils negligeoient bien moins encore l'oraifon; Ils eftoient plus foigneux de demander leur inftruction au ciel, que de la chercher fur la terre; & dans cette humble confiance qu'ils avoient en I E S V S - C H R I S T, ils recevoient plus de lumieres au pied de la croix, que dans tous les écrits & dans tous les difcours des hommes. Saint Paul dans fon Epiftre aux Galates, pour remedier aux defordres, qu'avoient produit parmy eux les

prédications de quelques faux Apoſtres, qui les a-
voient remis dans la ſervitude des ceremonies Iu-
daïques, leur dit vne raiſon bien preſſante, qui eſtoit
tirée de leur propre experience : *Ex operibus legis ſpi-*
*ritum accepiſtis an ex auditu fidei ?* Et vn peu aprés, *Qui*
*ergo tribuit vobis ſpiritum & operatur virtutes in vobis,*
*ex operibus legis an ex auditu fidei ?* Eſt-ce par la foy en
I e s v s-C h r i s t ou par la loy Iudaïque que vous
avez receu le don de guerir les maladies, de chaſſer
les demons, de reſſuſciter les morts, de parler toutes langues, & autres ſemblables graces ? N'eſt-ce
pas depuis voſtre baptême, & depuis que vous eſtes
Chreſtiens, que vous avez commencé à faire des
miracles ? Et ſi cela eſt, pourquoy ne vous attachez-
vous pas vniquement à ce bien qui vous a comblez
de tant de gloire, ſans vous détourner à des choſes
qui vous ſont ou nuiſibles, ou inutiles ? Ainſi je de-
manderois volontiers à ceux qui ont connu par experience & la lecture prophane & la priere veritablement chreſtienne, Eſt-ce dans la priere, ou dans
la lecture que vous avez trouvé les plus douces con-
ſolations, & les graces les plus puiſſantes ? N'eſt-ce
pas dans l'oraiſon que vous avez receu l'onction de
l'Eſprit ſaint, le calme & la victoire de vos paſſions,
le don de l'humilité, de l'eſperance, de la paix, &
de tous ces biens ineſtimables, qui ſont icy-bas les
premices de l'eternelle felicité ? Et ſi cela eſt, pourquoy renoncer à voſtre bonheur, pour vous livrer à
vne paſſion qui vous rendra miſerables ? Vne autre
raiſon qui montre combien la Curioſité eſt capable

de nuire à la foy, & de mener à l'erreur; c'est qu'elle empesche les hommes de s'appliquer aux actions de charité, & qu'on doit tenir pour maxime dans la morale chrestienne, que le mépris de la charité & des bonnes œuvres, est souvent puni par la perte de la foy. Qui ne voit maintenant que ceux en qui cette passion domine sont les moins charitables de tous les Chrestiens ? Qu'on aille dire à l'vn deux, quand il est sur vne demonstration de Geometrie, ou quand il travaille à vne piece d'éloquence, qu'il y a des prisonniers à visiter, & des malades à secourir, il laisseroit perir tous les hommes de la terre, plûtost que de suspendre son travail; & comme celuy qui au milieu de la ruine de sa patrie, sans ouïr le tumulte d'vne ville forcée, s'occupoit à tracer des figures sur le sable, ces esprits vains demeurent toûjours insensibles dans leur solitude, & ne prestent point l'oreille aux soûpirs & aux plaintes des malheureux qui ont besoin de leur secours; C'est à eux de voir si quand IESVS-CHRIST dira: I'ay eu faim & vous ne m'avez pas donné à manger; Iay eu soif, & vous ne m'avez pas donné à boire; I'ay esté malade, ou prisonnier, & vous ne m'avez pas visité. C'est à eux, dis-je, de songer, si le desir de satisfaire leur curiosité sera vne excuse legitime d'avoir manqué à ces devoirs. Mais comme il est dit par l'Apostre S. Iacque; Iugement sans misericorde, à ceux qui n'auront pas fait misericorde, il est bien à craindre qu'ils ne soient jugez à la rigueur; & que pour commencer leur punition en cette vie, puis qu'ils ne veulent

point imiter la conduite des Saints , qui eſt l'exer-
cice de la charité, Dieu ne leur en oſte la ſcience
& la lumiere. Cet oubli & cet abandonnement de
la charité eſt ſouvent produit dans les ſçavans de la
terre, par l'orgueil qui accompagne la ſcience ; &
qui leur faiſant croire que leurs occupations ſont
préferables aux bonnes œuvres, leur fait regarder le
prochain, comme ne meritant pas qu'ils ſe détour-
nent de leurs études, pour le ſecourir. Il ne faut
donc pas tarder plus long-temps d'entrer en la troi-
ſiéme conſideration, que nous nous ſommes en-
gagez de faire ; & aprés avoir parlé des erreurs où
la Curioſité conduit, il eſt temps, pour mettre fin
à ce Diſcours, de parler de l'orgueil qu'elle inſpire.

III. Partie. **C**'E s t vn paradoxe bien ſurprenant que celuy
de S. Chryſoſtome & de S. Auguſtin , quand
ils diſent qu'il vaut mieux eſtre pecheur & humble,
que d'eſtre juſte & ſuperbe. Comme il eſt impoſſi-
ble d'eſtre en meſme temps ſuperbe & juſte , il ne
faut pas prendre ces paroles au pied de la lettre,
& cette maxime a beſoin d'explication : mais en
voicy vne qui eſt vraye abſolument & dans toute ſa rigueur ; c'eſt qu'il vaut mieux eſtre ignorant & humble, que d'eſtre ſuperbe & ſçavant.
Or cette vnion du ſçavoir prophane & de l'orgueil n'eſt que trop frequente dans le monde, elle
ſe trouve en vn grand nombre d'hommes qui ont
plus de ſoin de polir leur eſprit, ou de remplir leur
memoire que de ſanctifier leur ame , & l'aveugle
eſtime

eſtime qu'ils ont d'eux-meſmes les rend deſagrea-
bles à Dieu, & les éloigne de la plus neceſſaire de
toutes les ſciences qui eſt celle du ſalut. En effet,
pourquoy eſt-ce que IESVS-CHRIST dit à ſon
Pere celeſte, Ie vous loüe d'avoir caché ces choſes
aux ſages & aux prudens ? C'eſt que leur orgueil me-
rite ce chaſtiment, c'eſt que les Myſteres ſaints
doivent eſtre cachez à quiconque les mépriſe, &
qu'il eſt juſte que ceux qui aiment mieux chercher
mille choſes inutiles que de chercher Dieu,
ayent le malheur de ne le trouver jamais. Cet é-
cueil où les ſçavans du ſiecle font ordinairement
naufrage, ne ſçauroit eſtre trop redouté par ceux
qui veulent gagner le ciel ; & ſi les ſciences humaines ne font pas mauvaiſes en elles-meſmes, comme elles ne le font pas en effet ; il faut du moins
demeurer d'accord qu'elles font tres-dangereuſes,
& qu'on en doit faire à peu prés le meſme jugement
que des richeſſes : de ſorte que comme l'Apoſtre a
dit que ceux qui veulent devenir riches tombent
dans les filets du demon, il eſt bien à craindre que
ceux qui veulent devenir ſçavans n'y tombent auſſi.
Pour découvrir cette verité importante & terrible,
conſiderons ces ſortes de ſciences, ou en ceux qui
les veulent acquerir, ou en ceux qui les ont acqui-
ſes. Ceux qui deſirent de les acquerir commencent
déja à eſtre ſuperbes par ce mouvement de la Curioſité, qu'ils regardent comme vne choſe loüable,
& qui les fait traiter avec mépris ceux où l'on ne
remarque pas vne ſemblable paſſion. Les verita-

D

bles Chreſtiens qui ne ſuivent pas cette paſſion non
plus que les autres, paſſent auprés d'eux pour des
eſprits non ſeulement ſimples, mais foibles; & quoy
que ce ſoit vne magnanimité que de mépriſer d'apprendre des choſes dont la connoiſſance ne peut
ſervir, & dont l'ignorance ne peut nuire, ils pren-
nent cette magnanimité pour baſſeſſe. Mais la vanité que le deſir des ſciences inſpire, n'eſt rien au
prix de cet orgueil, ou pour me ſervir du terme de
l'Apoſtre, de cette enflure qui ſe trouve dans l'eſprit
des hommes, quand par le moyen de l'eſtude ils
ſont devenus ſçavans, ou qu'ils s'imaginent l'eſtre
devenus. Vne tentation horrible s'éleve alors dans
leurs ames. Ils ſont inceſſamment portez à mépriſer leur prochain, & il leur arrive vne infinité de
fois, & à l'égard d'vne infinité de perſonnes, de
tenir la meſme conduite que tenoit le Phariſien à
l'égard du Publicain : Ie ne ſuis point, diſoit-il,
comme ce pecheur. Ainſi vn ſçavant du ſiecle dit,
Ie ne ſuis point comme cet ignorant, qui ne connoiſt pas quelle eſt la grandeur du ſoleil, qui ne
ſçauroit juger d'vne piece d'éloquence, qui n'a jamais ſceu ce que c'eſtoit que du feu & de l'entouſiaſme de la Poëſie. Il ne connoiſt pas la grandeur
du ſoleil, mais s'il connoiſt & pratique la ſcience
du ſalut, il aura vn jour ſous ſes pieds le ſoleil &
les aſtres. Il ne ſçauroit juger d'vne piece d'éloquence, mais il aura la gloire de juger avec Iesvs-
Christ les hommes & les Anges. Il ne ſçait pas
ce que c'eſt que le feu & l'entouſiaſme de la Poëſie,

mais il eſt animé d'vn plus beau feu, & d'vn plus noble entouſiaſme, qui eſt celuy de la pieté & de l'amour de Dieu. Quand cette bonne opinion que les ſçavans ont d'eux-meſmes demeureroit renfermée dans leur cœur, elle ne laiſſeroit pas d'eſtre contraire aux maximes Evangeliques. Mais comme nous venons de voir, elle les engage à mépriſer ceux qu'ils appellent ignorans, & d'ailleurs elle engendre parmy eux vne émulation prophane, & vne jalouſie ſuperbe qui les porte bien moins à rechercher la verité que la préference & la victoire. Lors qu'on prend ſoin d'examiner quels ſont les principes du Lycée & du Portique, l'on reconnoiſt que c'eſt au fond la meſme choſe ; mais Zenon a inventé de nouveaux termes pour faire croire qu'il avoit inventé vne nouvelle doctrine, de ſorte qu'il a fait la meſme injuſtice à Ariſtote, qu'Ariſtote avoit faite à Platon, & Platon à beaucoup d'autres. Certainement ce n'eſtoit entre eux qu'orgueil & envie, & ce n'eſt encore qu'envie & orgueil parmy ceux qui aiment mieux eſtre leurs diſciples que les diſciples de IESVS-CHRIST. Qui diroit les haines mortelles, les injuſtes artifices, les inſolentes calomnies, & les horribles emportemens qu'on trouve dans des écrits ou anciens, ou modernes, & qu'on doit conſiderer comme des ruiſſeaux deſcendus de cette ſource corrompuë ? Chercherons-nous la vertu, chercherons-nous le repos dans ce tumulte de malediction ? La ſcience du ſalut ainſi que le royaume de Dieu eſt joye, paix & juſtice.

La Curiofité prophane n'eft au contraire que travail, qu'affliction d'efprit, & qu'iniquité. Elle é-
prouve fans ceffe que le Seigneur refifte aux fuperbes, & trouvant fa peine dans fa convoitife, elle eft
punie par fon propre orgueil. Auffi lifons-nous dans
l'Evangile, Bienheureux les pauvres d'efprit, c'eft à
dire bienheureux les humbles, mais nous n'y lifons
pas, Bienheureux les fçavans. Nous voyons que
IESVS-CHRIST dit à Difciples ; Apprenez de
moy que je fuis humble de cœur, c'eft à dire apprenez de moy l'humilité ; Mais nous ne voyons pas
qu'il leur ait dit, Apprenez de moy les fciences pro-
phanes, & s'il leur euft parlé de la forte, il n'auroit pas ajoûté que fon joug eftoit doux, car en
effet le joug de la Curiofité eft dur & penible, &
tous ceux qui s'y abandonnent en font toft ou tard
accablez.

O Sauveur du monde ! vous eftes defcendu fur
la terre pour détruire le regne des paffions, & il eft
certain que l'amour des lettres, quand il n'eft pas
bien conduit eft vne paffion comme les autres qui
combat la grace de voftre Efprit faint, & qui feche
la pieté jufques dans fa racine. Ne permettez pas
que nous foyons les victimes de cette paffion malheureufe, & que nous fuivions les tranfports d'vne
Curiofité infatiable qui tourmente les fçavans de
la terre, comme l'ambition tourmente les ambi-
tieux, & comme l'avarice tourmente les avares. Si
la connoiffance des chofes dont ces efprits fuperbes
tirent vanité eftoit neceffaire pour nous rendre fa-

ges & heureux, vous nous les auriez vous-mefmes
enfeignées, car vous y fçavez tout ce que les hommes y ont jamais fceu, & tout ce qu'ils y ont igno-
ré, mais on ne les trouve pas dans l'adorable fim-
plicité de voftre Evangile, qui pour nous donner
la vertu & la paix, nous prefcrit vn autre chemin
que nous devons fuivre. Infpirez-nous donc le fen-
timent qu'avoit voftre Apoftre, lors qu'il faifoit
profeffion de ne fçavoir que voftre croix. Empef-
chez-nous d'eftre du nombre de ces faux fages, à
qui la fcience du falut eft cachée, & faites-nous
comprendre que puis que la Philofophie veut dire
l'amour de la fageffe, & que vous eftes la fageffe
eternelle, la veritable Philofophie n'eft autre chofe
que l'amour qu'on doit avoir pour vous. C'eft en
vous en effet que font renfermez tous les trefors de
la fcience, vous nous en ferez part vn jour dans le
ciel, & vous nous en apprendrez plus en vn moment, que nous n'en fçaurions apprendre icy bas
dans vn fiecle de vie. Faites que nous attendions
cette grande lumiere avec vne tranquille humilité.
Faites que cependant au milieu des tenebres dont
nous fommes environnez, nous marchions fous la
conduite de la foy, qui nous introduira dans noftre
patrie, & que vous adreffant tous les jours des prie-
res pour l'avenement de voftre royaume, nous ne
travaillions par nos œuvres qu'à la fanctification de
voftre nom, & à l'accompliffement de voftre vo-
lonté.             *Beati qui fperant in Domino.*

L'Abbé DE MELVN DE MAVPERTVIS,
Docteur de Sorbonne.

# APPROBATION DES DOCTEVRS.

IL n'y a rien dans ce Difcours qui ne foit conforme aux maximes de la foy & de la Morale Chreftienne. C'eft le témoignage que nous fouffignez Docteurs & Profeffeurs du Roy en Sorbonne, croyons eftre obligez d'en rendre, aprés l'avoir leu exactement. Fait en Sorbonne ce 25. May 1673,

G. DE LESTOCQ.      G. BOYST.

# ODE

## QVI A REMPORTE'
# LE PRIX DE POËSIE
### PAR LE IVGEMENT
### DE
## L'ACADEMIE FRANCOISE,
### en l'année M. DC. LXXIII.

*Sur l'honneur que le Roy a fait à l'Academie Françoise, en acceptant la qualité de son Protecteur, & la logeant au Louvre.*

A PARIS,

Chez PIERRE LE PETIT, Imprimeur & Libraire ordinaire du Roy, & de l'Academie Françoise, ruë S. Iacques, à la Croix d'Or.

M. DC. LXXIII.
*AVEC PRIVILEGE DE SA MAIESTE'.*

# ODE
## QVI A REMPORTE'
# LE PRIX DE POESIE
### PAR LE IVGEMENT
## DE L'ACADEMIE FRANCOISE,
#### en l'année M. DC. LXXIII.

Sur l'honneur que le Roy a fait à l'Academie Françoise, en acceptant la qualité de son Protecteur,
& la logeant au Louvre.

VNE *nouvelle joye, vne gloire nouvelle,*
*Doctes Sœurs, vous engage à de nouveaux efforts:*
*Haussez vostre voix immortelle,*
*Faites tout retentir de vos divins accords.*
*Des siecles precedens oubliez les exemples:*
*Si vous avez receu de l'encens & des Temples*
*De ces fameux Heros par vos mains couronnez,*
*Le plus parfait des Rois à son tour vous couronne:*
*Et l'asyle éclatant que sa bonté vous donne,*
*Vaut mieux que les Autels qu'ils vous avoient donnez.*

A

On sait, Muses, on sait vostre premiere Histoire,
Et que de l'Orient les Sages si vantez,
    Ouvrant le chemin de la gloire,
Montrerent aux mortels vos naissantes beautez.
On sait qu'aux doux climats de la savante Grece,
De la cime du Pinde, & des bords du Permesse,
Vos attraits adorez regnoient de toutes parts :
On sait qu'aux plus beaux jours de Rome triomphante,
Auguste vous tendit vne main caressante,
Et vous fit trouver place au Trosne des Cesars.

Mais regardez la France en merveilles feconde,
Si riche des tributs de la terre & des mers,
    Paris qui comme vn autre monde
Renferme dans ses murs mille peuples divers.
Admirez ce Palais, contemplez ces Rivages,
Où l'Univers charmé vient rendre ses hommages
Au suprême pouvoir d'vn Roy victorieux :
Et parmy tant d'éclat & de magnificence,
Avoüez qu'au ciel mesme, où vous pristes naissance,
Auprés de Jupiter vous ne seriez pas mieux.

Ne craignez plus du fort la haine conjurée :
Icy vos bons deſtins pour jamais établis
    Auront l'eternelle durée,
Que le ciel a promiſe à l'Empire des Lis.
On ne vous verra plus tremblantes, allarmées,
Au fier débordement des barbares armées
De vos lyres à peine emporter le debris,
Du Vandale & du Scite éprouver les outrages,
Et dans l'embraſement de vos plus chers ouvrages,
Au lieu de vos concerts, fraper l'air de vos cris.

Dans ce brillant Palais, loin de toutes allarmes,
Sous la protection du plus puiſſant des Rois,
    Vous n'entendrez le bruit des armes,
Que pour vous exciter à chanter ſes exploits.
Vous ſerez chaque jour heureuſement ſurpriſes
Au ſpectacle pompeux des Provinces conquiſes,
Des Tyrans ſurmontez, des Barbares défaits :
Et ſa valeur enfin calmant toute la terre,
Les Peuples apprendront qu'il ne cherchoit la guerre,
Que pour leur acquerir vne eternelle paix.

A ij

Une tranquille paix, douce & délicieuse,
Où, Bellonne oubliant l'usage de ses dards,
    L'ame la plus ambitieuse
Combattra seulement pour le prix des beaux Arts.
L'amour seul aura droit de faire des conquestes,
Tous les jours des humains seront autant de festes,
Les astres indulgens suivront tous nos desirs,
Vos celestes concerts charmeront tous les âges,
Et vous inspirerez aux cœurs les plus sauvages
La joye & les vertus, la gloire & les plaisirs.

Vous verrez triompher la savante Assemblée,
Qui soûtient de vos loix l'auguste Majesté,
    Et qui de vos tresors comblée,
S'éleve sur vos pas, A L'IMMORTALITE.
Sous ces lambris dorez, au milieu des Trophées
Vous entendrez pousser à ces nouveaux Orphées
Des airs que vous pourriez vous-mesmes avoüer.
Si jamais les François n'eurent un si grand Maistre,
Leurs climats fortunez n'avoient jamais veu naistre
Des Sujets mieux instruits en l'art de bien loüer.

Redoublez leur ardeur, fecondez leur envie,
En faveur du Heros meſlez vos chants aux leurs :
   Chaque inſtant de ſa belle vie
Fait éclore pour vous vne moiſſon de fleurs.
Voyez-le maintenir les loix renouvellées,
Accabler de bienfaits les vertus rappellées,
Sur les monts applanis faire joindre les Mers,
Redonner l'abondance aux campagnes ſteriles,
Changer d'affreux ſablons en de ſuperbes Villes,
Et rouler à ſon gré le ſort de l'Univers.

Voyez de ſa valeur les incroyables preuves,
Et par tout obeïr à ſes commandemens,
   Les hommes, les ramparts, les fleuves,
La rigueur des ſaiſons, l'orgueil des Elemens.
Au genereux DAVPHIN étalez cette image,
Mais reglez les tranſports de ſon jeune courage :
Les triomphes du Pere empeſchent ceux du Fils.
Enſeignez-luy du Roy la ſageſſe profonde ;
Qu'il ſache ſeulement l'art de regir le monde,
Il n'aura rien à vaincre, & tout ſera ſoûmis.

Mais dans le doux repos qui vous rend si charmantes,
Au sommet du bonheur où vous allez monter,
    Quels Hymnes, ô Vierges savantes,
Envers le grand LOVIS pourront vous acquitter ?
Tous vos arcs triomphaux, tous vos chants de victoire,
Tous vos soins vigilans à tracer son histoire,
De ses rares faveurs font un surcroit nouveau ;
Puis que par ses hauts faits fidellement guidées
Vous allez surpasser vos plus grandes idées,
Et tout ce que vostre art eut jamais de plus beau.

# PRIERE
# POVR LE ROY.

GRAND *Dieu, ſi propice à la France,*
*Qui nous donnant vn Roy l'honneur des Souverains,*
*As verſé dans ſon ame, & mis entre ſes mains,*
   *Et ta ſageſſe, & ta puiſſance :*
*Dans ce comble de gloire où tu ſceus l'élever,*
*T'importuner de vœux ce ſeroit te déplaire,*
*Et pour nous, & pour luy tu n'as plus rien à faire,*
   *Grand Dieu, que de le conſerver.*

Audite qui longè eſtis,
quæ fecerim. *Iſa.* 33. 13.

GENEST.

LOVIS par la grace de Dieu, Roy de France & de Navarre, A nos amez & feaux Conſcillers les gens tenans nos Cours de Parlement, Maiſtres des Requeſtes ordinaires de noſtre Hoſtel , Prevoſt de Paris, Baillifs, Seneſchaux, leurs Lieutenans Civils , & autres nos Iuſticiers & Officiers qu'il appartiendra, ſalut. Noſtre cher & bien amé Pierre le Petit nôtre Imprimeur & Libraire ordinaire, & de l'Academie Françoiſe, Nous a fait remontrer qu'il luy a eſté mis entre les mains , non ſeulement les *Diſcours d'Eloquence faits ſur vn ſujet que le feu ſieur de Balzac avoit proposé en cette maniere ; De la Science du ſalut oppoſée aux vaines & mauvaiſes connoiſſances & aux curioſitez blaſmables & défenduës* ; mais encore , *Les Pieces de Poëſie composées ſur l'honneur que Nous avons fait à ladite Academie en acceptant la qualité de ſon Protecteur , & la logeant en noſtre Louvre.* Tous leſquels ouvrages ayant eſté preſentez à ladite Academie , enſuite de l'avis par elle donné au public , il deſireroit les imprimer, s'il Nous plaiſoit luy en donner la permiſſion neceſſaire: Et voulant bien la luy accorder en conſideration des ſervices qu'il nous rend en ſa profeſſion : POVR CES CAVSES , Nous luy avons permis & accordé , permettons & accordons par ces Preſentes, d'imprimer ou faire imprimer tant leſdits Diſcours de la ſcience du ſalut, que les ſuſdites Pieces de Poëſie , ſoit chaque piece de proſe & de vers ſeparément , ſoit toutes les Pieces enſemble , en tels volumes, marges, caracteres, & autant de fois que bon luy ſemblera pendant le temps de ſept années, à commencer du jour que chaque Piece en particulier ſera imprimée, & que les volumes qui les contiendront toutes enſemble ſeront achevez d'imprimer ; iceux ouvrages vendre & diſtribuer ſeparément & tout enſemble par tout noſtre Royaume. Faiſons défenſes à tous Libraires , Imprimeurs & autres, d'imprimer, faire imprimer, vendre & diſtribuer aucun des ſuſdits Ouvrages ſous pretexte d'augmentation, correction, changement de titre ny autrement en quelque maniere qui puſt préjudicier à l'Expoſant, ſans ſon conſentement, ou de ſes ayans cauſe , ſur peine de confiſcation des Exemplaires contrefaits, & de quinze cens livres d'amende, applicable vn tiers à Nous, vn tiers à l'Hoſpital General de Paris , & l'autre tiers à l'Expoſant, ou à ceux qui auront ſon droit; au payement de laquelle ſomme ils ſeront contraints en vertu des Preſentes. A la charge de mettre deux Exemplaires de chaque volume deſdits Ouvrages dans noſtre Bibliotheque publique , vn dans celle du cabinet de nos livres en noſtre Château du Louvre, & vn en celle de noſtre tres-cher & feal Chevalier Garde des Sceaux de France le Sieur Daligre , avant que de les expoſer en vente, à peine de nullité des Preſentes. Si vous mandons que de leur contenu vous faſſiez joüir l'Expoſant & ſes ayans cauſe pleinement & paiſiblement, faiſant ceſſer tous troubles & empeſchemens contraires. VOVLONS qu'en mettant au commencement de chaque piece ou volume des ſuſdits ouvrages l'extrait des preſentes, elles ſoient tenuës pour ſignifiées, & qu'aux copies collationnées par l'vn de nos amez & feaux Conſeillers & Secretaires foy ſoit ajoûtée comme à l'original. MANDONS au premier noſtre Huiſſier ou Sergent de faire pour l'execution des preſentes toutes ſignifications, ſaiſies, défenſes, & autres exploits requis & neceſſaires, ſans demander autre permiſſion , nonobſtant clameur de Haro, Chartre Normande, & lettres à ce contraires. CAR tel eſt noſtre plaiſir. DONNE' à Paris le 22. jour d'Aouſt , l'an de grace 1673. & de noſtre regne le 31. Signé, Par le ROY en ſon Conſeil, DESVIEVX.

*Regiſtré ſur le Livre de la Communauté des Marchands Libraires & Imprimeurs de cette Ville de Paris , le 23. d'Aouſt 1673.* Signé, D. THIERRY.

I

www.ingramcontent.com/pod-product-compliance
Lightning Source LLC
Chambersburg PA
CBHW060845180626

46818CB00004B/1602